꽃이 되어

민들레 홀씨처럼 날아가
희망을 심어 꽃으로 피어나다

꽃이 되어

김경원 시집

푸른길

그럼에도 불구하고

- 김경원의 두 번째 시집 『꽃이 되어』에 부쳐

나태주 시인

세상은 마냥 아름답지 않고 사람들은 마냥 착하지 않습니다. 그래도 우리는 아름다운 세상을 꿈꾸고 착한 사람들을 원합니다. 만약 세상이 아름답기만 하고 세상 사람들이 착하기만 하다면 그 누구도 아름다운 세상과 착한 사람을 꿈꾸지 않았을 것입니다.

그렇습니다. '그럼에도 불구하고' 우리는 오늘의 희망의 끈을 놓지 않고 내일에의 소망을 함부로 하지 않는 것입니다. 끝까지 원하는 것들이 이루어지지 않는다 하더라도 우리는 마땅히 그래야 합니다. 그것이 우리가 당당한 사람인 까닭입니다.

김경원 군, 아니 김경원 시인. 첫 시집 『세상에서 가장 값진 보석』에 이어 두 번째 시집을 내니 시인이라 불러야 하겠군요. 내가 김경원 시인을 만난 것은 그가 고등학교 3학년 때의 일입니다. 그가 나의 시 「풀꽃」을 읽고 시를 쓰기 시작했다는 안봄 선생님의 이메일을 받고 감동했던 일이 생각납니다.

그 뒤로 김경원은 학생 신분임에도 주위의 도움으로 시집을 출간했고 시집은 성공적으로 평가되어 많은 사람들을 감동시켰습니다.

그때는 그냥 고등학생이 한때의 격정으로 시를 썼거니 싶었는데 김경원은 그 후에도 시 쓰기에 매진하여 두 번째 시집을 준비했습니다. 대견한 일입니다.

출판사로 원고가 넘어가기 전에 안봄 선생님이 보내 준 원고를 먼저 보았습니다. 시의 양도 많거니와 그동안 시세계가 많이 변하고 발전된 것을 느낄 수 있었습니다. 무엇보다도 세상을 바라보는 시야가 넓어졌고 진지해졌다는 점을 느꼈습니다. 세상과 동행하고과 하는 그의 태도가 기특했습니다.

김경원 시의 특징은 '나'의 문제가 나의 문제에 그치지 않고 '너'의 문제와 연결이 된다는 점입니다. 나의 문제를 너의 문제로 바꾸고 너의 문제를 또한 나의 문제로 바꿉니다. 김경원은 너와 내가 둘이 아니고 하나라는 것을 삶을 통해 자신의 온몸으로 느끼고 배웠습니다. 이런 점이 매우 중요하고 훌륭한 점입니다.

그다음으로 좋게 보는 것은 그의 시가 갖고 있는 부드럽고도 친숙한 어법입니다. 주로 입말체를 중심으로 조곤조곤 편안하게 말하는 그의 시 어법은 독자에게 공감을 불러일으키기에 매우 적절하고 좋은 것입니다. 그런 점에서 김경원은 타고난 시인이라 하겠습니다.

하지만 김경원은 이쯤에서 만족해서는 안 됩니다. 자신의 시 쓰기에 열중해야 하지만 남의 시를 열심히 많이 읽어 교양을 넓히고 세상을 더 깊고 넓게 바라보는 마음의 눈을 키워야 합니다. 그리고 인생이나 예술, 종교, 철학에 대한 책도 읽어서 보다 많은 마음의 보석을 모아야 합니다.

그렇게 되는 날 김경원은 매우 소중한 이 땅의 시인 가운데 한 사람이 될 것이고 많은 독자들이 환호하는 시인이 될 것입니다. 그날에 우리가 다시 한 사람의 시인과 또 다른 한 사람의 시인으로 만날 수 있기를 기대합니다. 두 번째 시집 출간을 축하합니다.

별
별꽃같은 마음이여,
오래오래, 그 자리 피어있거라
어두운 세상을 밝혀다오

캘리그래피_정현빈

· 서문 ·

삶이 버거운 이들에게 보내는 작은 희망의 노래

어제와 다르지 않은 오늘, 반복되는 매일매일의 삶 속에서 우리는 숨 돌릴 틈 없이 또 다른 내일을 준비해야 합니다. 분주한 일상을 살아가다 보면 절망과 좌절, 실패와 한계를 느낄 때가 있습니다. 저에게도 실패와 좌절이 반복되던 때가 있었습니다.

중학교 때 따돌림을 당했습니다. 그때 신체적으로, 정신적으로 완전히 망가졌고 친구들이 너무 무서워 학교생활을 정상적으로 할 수 없을 만큼 우울증이 심하게 왔었습니다. 하지만 주변 사람들의 진심 어린 걱정과 관심으로 방황을 끝낼 결심을 할 수 있었습니다.

힘든 시간을 이겨 내기 위해 시로 일상이나 감정을 표현하기 시작하였습니다. 시를 쓰면 마음이 편해지며 행복해졌고, 제 인생이 조금씩 변하기 시작했습니다. 고등학교 2학년 때 'TV 동물농장'을 보면서 동물들과 함께하는 꿈도 꾸게 되었고, 고등학교 3학년 때는 친구들의 도움으로 첫 번째 시집 『세상에서 가장 값진 보석』이 탄생했습니다.

그 후 대학 생활 2년 동안 쓴 시가 꽤 되어 두 번째 시집을 출간하게 되었습니다. 저는 어렸을 때부터 누군가의 아픔에 공감하고 이해하는 걸 무척이나 좋아했습니다. 지금은 사람들뿐만이 아닌 동물들의 아픔까지도 시로 알리기 위해 노력하고 있습니다. 이번 시집에도 이러한 저의 마음을 녹여 냈습니다.

　실패와 좌절이 반복되는 삶 속에서 오늘의 삶이 버거워 쉽게 모든 걸 포기해 버리고 한 걸음도 떼지 못하는 지친 사람들에게 두 번째 시집 『꽃이 되어』가 작은 희망의 노래가 되었으면 좋겠습니다. 마지막으로 제가 시를 쓸 수 있게 이끌어 주신 나태주 선생님과 시가 세상에 나올 수 있게 출판에 응해 주신 출판사 푸른길 편집진께 감사의 말씀을 드리고 싶습니다. 감사합니다.

차례

제2부 당신이 나의 봄이기를
_그리움

제3부 달빛을 가로등 삼아
_사랑

제4부 바다 위의 달빛
_삶과 일상

제 1 부

삶에는 이유가 없어도 좋습니다

위로

소중한 사람

당신은 소중한
사람입니다

세상에 쓸모없는 것은
아무것도 없지요

예쁜 꽃도, 울창한 숲도
굴러다니는 돌멩이도
하늘 위에 떠다니는 구름도
모두 소중하고 가치 있는 것일지도 모릅니다

그 소중함과 가치를
몰라주는 사람도 있습니다

소중하고 가치 있는 것들은
눈에 잘 보이지 않기 때문입니다

소중하고 가치 있는 것들은
우리의 귀로 들을 수 없기 때문입니다

눈에 보이지 않아도 귀에 들리지 않아도
당신도 소중하고 가치 있는 사람입니다

신이 주신 가장 아름다운 선물

용기 있는 사람은
자신이 뱉은 말에
책임질 줄 아는 사람입니다

그 책임감을 감당하기
힘들 때가 많이 있습니다

때론 의도치 않게 자신이 했던 말들이
다른 사람들에게 상처가 되기도 하고
때론 용기와 희망이 되기도 합니다

이 말 한마디가 얼마나 소중하고
값진지 아마 당신은 모르고 있을 것입니다

언어는 사람의 입술로부터 나오고
사람의 입술에서 끝이 납니다

인간의 언어는 신이 주신 가장 아름다운
선물입니다

촛불

불을 밝히지 못하는 초보다는
누군가에게 밝음과 따뜻함을 주는
초였으면 합니다

몸을 태우고 촛농으로
삶을 마감할지언정 사랑 한 번 하지 못하고
후회로 가득한 삶을 살지 않았으면 합니다

촛불은 남을 위해서 자신의 몸을
태워 불을 밝힙니다

어둠에 있는 우리가
불편하지 않도록 자신의 몸을
태워 빛을 내고 있습니다

이제 우리는 우리 앞에서
밝게 빛나는 이 촛불처럼
함께하는 우리를 위해 타오르는
삶을 살았으면 좋겠습니다

별이 될 수 있기를

별을 세어봐
밤하늘 반짝이는 아름다운 별

자신의 색으로
새벽하늘을 반짝반짝 노래하다
아침이면 또다시 사라지네

드넓은 하늘 맴돌아
다시 내 마음속에 들어와
나를 비춰주겠니

우주 같은 넓은 마음을 가진 당신이
저 새벽하늘 아스라이 빛나는
별이 될 수 있기를

멀리 멀리 떨어져 있어도
가까이 가까이 있지 않아도
내 마음 당신께 닿을 수 있기를

새벽하늘 아름다운 빛으로
노래하는 별이 될 수 있기를

너에게 보내는 편지

오늘 하루를 보내며
너에게 편지를 써

오늘 하루 많이
힘들었지?

늘 밝아 보였던 네 모습에서
진짜 네가 누군지, 너의 마음은
지금 어떤지 참 궁금해

늘 밝아 보였던 네 모습 뒤에 숨겨진
너의 아픔을 하나하나 꺼내어
그 아픈 마음을 어루만져 주고 싶어

행여나
내가 너에게 더 큰 상처가 되지는 않을까
너에게 다가가는 게 무섭고 겁이 나

혹여
내가 너에게 하는 위로가 아픈 상처로
돌아올까 겁이 나기도 해

그러나
널 위로하는 게 아니야
그렇다고 널 동정하는 것도 아니야

단지 그냥 너의 옆에 있고 싶은 걸
너의 옆에서 밤하늘에 떠있는
별들을 보며 함께 있고 싶은 걸

힘들 땐 그냥 울어
맘 놓고 마음껏 울어

마음의 소리

볼륨을 높여줘
네 마음의 소리를
들을 수 있게

세상과 단절한
네 마음의 소리를
들을 수 있게

지난날에 받은
네 마음의 상처를
어루만질 수 있게

충분히 아파했고
지금도 아파하고 있는
너의 마음을 다시금
헤아릴 수 있게

볼륨을 높여줘
내 마음의 소리를
전할 수 있게

혼자 고민하고 있는 널
내 따스한 온기로 품을 수 있게

미래를 위해 지금 당신의 행복을 미뤄라

당신은 미래를 위해
지금 누리고 있는 것들을
하나씩 하나씩 내려놓을 수 있나요

내일을 위해 당신은
소중한 것들을
하나씩 하나씩 버릴 수 있나요

미래를 위해 당신의 행복을
포기하실 수 있나요

때론 그 마음도 있어야 합니다
아무리 노력해도 안 되는 것을
백날 노력해도 안 되는 것을
억지로 붙잡지 않으셨으면 좋겠습니다

미래를 위해 자신의 행복을 포기하는 것이 아니요,
미래를 위해 자신의 행복을 미뤄두는 것입니다
미래를 위해 자신의 행복을 잠시 맡겨두는 것인지도
모릅니다

하나된 마음

각자의 마음도 살아가는
방식도 다 다르지만
우리는 모두 하나가 되었다

하이얀 눈길 위에 꽁꽁 얼어 굳게
닫혔던 내 마음은 이제 따스한 햇살로 가득하여
내가 가고자 했던 길들이 보이기 시작한다

그 속에서 하나된 마음으로
하나된 소리로 그를 높일 때
어느새 내 눈가는
촉촉함으로 가득하다

마치 누군가 내 마음에
불을 지피고 있는 것 같다

너무 뜨겁다
그만큼 우리의 하나된 마음이
그리고 열정이 만들어 낸 결과일 듯싶다

하나

어두운 곳을 밝혀주는
촛불 하나가 있습니다

어두운 동굴 속을 밝혀주는
등불 하나가 있습니다

내가 길을 걸을 때 내가 가는 길을
밝혀주는 등불이 있습니다

길을 걷다 보니 지쳐있는 내 마음을
한시름 녹여주는 따뜻한 촛불도 있습니다

우리는 작은 불에서 시작됐으나
작은 불씨들이 하나가 될 때 보다
큰일들이 이루어지고

그 따스한 온기를 누군가와 함께 나눌 때
우리의 마음은 분명 하나가 되어있을 것입니다

남의 아픔에는 공감하고
남의 슬픔에는 위로하는
촛불과 등불의 마음을 가졌으면 합니다

두 개의 빛

눈을 감아 보아요
무엇이 보이나요

귀를 닫아 보아요
무엇이 들리나요

이제 눈을 뜨고
귀도 열어 보세요

무엇이 보이고
무엇이 들리나요

우리가 아름다움을 보고 듣는 데
눈과 귀가 반드시 필요한 건 아닙니다

눈과 귀가 아닌 다른 감각으로도
아름다움을 찾아낼 수 있으니까요

달빛을 가로등 삼아

달빛을 가로등 삼아
어두운 길을 걷는
그의 길을 비춰주소서

달빛을 가로등 삼아
그가 걷는
그 길을 비춰주소서

달빛을 가로등 삼아
내가 가는 길목마다 늘 함께 하소서

오늘 하루
밤하늘에 떠있는
달빛처럼

내가 아닌 누군가를 위해
빛을 노래하게 하소서

별들의 꿈

어두워진 저 밤하늘을
여행하고 싶었지
하늘에 별들을 띄우는 꿈

별들만 띄우면
어두운 밤하늘에
별빛이 되는 줄 알았지

밤하늘에 조그마한 위로가
되는 줄 알았지

어느 날 갑자기
어두운 현실이 내 눈앞에
보였지

어두운 밤도, 하늘도
나의 꿈을 위해 박수 치고 환호할 줄 알았지

별들은 비로소 어둠을
이길 수 없다는 것을 알았지

난 또 한 번
빛을 잃었지

너무나 어두운 현실의 벽 앞에서
어찌할 수 없는 눈물만 흘렸어

빛들을 뺀
별들의 모형만 저 하늘을
날고 있었지

그러나 나는 알아
어두운 밤하늘의 별보다 빛나는 것은
바로 당신이었다는 것을

별

별아 별아
그대의 별아

나의 마음속에
들어와

너의 빛으로 빛으로
내 마음 비쳐줘

내 마음 곳곳마다 돌아다니며
빛으로 빛으로 내 상처 아물 수 있게

그리하여 내 마음속에
별빛이 되어서

유난히 어두운 새벽하늘,
내 마음 깊은 곳까지

너라는 별빛으로
내 마음을 치료해 주겠니?

너라는 별로 나를
두 팔 벌려 안아주겠니?

내 마음에 따스한 빛
나누어 주겠니?

꽃이 되어

난 거름이 될게
넌 싹이 되어라

난 밤이 될게
넌 아침이 되어라

난 해가 될게
넌 따뜻함을 주어라

난 구름이 될게
넌 비가 되어라

난 선선한 바람이 되어
너에게 시원함을 줄게

넌 세상에서 가장
아름다운 꽃이 되어

사람들에게 향기로
위로와 희망을 주어라

진짜 슬럼프란

진짜 슬럼프란 남들과
비교하는 것에서부터
시작됩니다

자신을 경쟁 상대로
여기지 않고 꼭 나보다 나은 사람을
경쟁 상대로 여기려는 마음입니다

경쟁 상대를 남으로부터 찾으려고 하는
사람들은 진짜 슬럼프에 빠지기 쉽습니다

경쟁상대를 나 자신으로부터 찾는 것,
경쟁상대는 오직 내 자신이라고 믿고 다짐하는 것
그 마음이 슬럼프에 빠지지 않는 마음입니다

남들과 비교하지 마십시오
그리고 남들을 경쟁 상대로 두지 마십시오

스스로를 사랑할 줄 모르는 사람들은
습관적으로 슬럼프에 빠지게 됩니다

나의 유일한 라이벌은
어제의 '나'라는 사실을 기억했으면 좋겠습니다

위로

세상이 줄 수 없는
소박하고 따뜻한 위로

세상 사람들이 줄 수 없는
작지만 확실한 위로

내 마음에서 우러나오는
나의 진실된 위로

그런 위로 내가 해줄게
내가 위로가 되어줄게

한 방울의 눈물

사람은 누구나
따뜻한 말 한마디에
감동받습니다

힘들고 지칠 때
따뜻한 위로의 말에
눈물을 흘립니다

힘들고 지칠 때
따뜻한 행동에
또다시 눈물이 납니다

당신의 따뜻한 행동이
당신의 따뜻한 손길이
당신의 따뜻한 말 한마디가
한 방울의 눈물이 되어

온 세상을 따뜻하게
만들었으면 좋겠습니다

그것뿐이야

아무도 완벽히
태어나는 사람은 없어

단지 완벽해지려고
노력하는 거야

실수해도 괜찮은데
넘어져도 괜찮은데
무너지지만 마라

누구나 실수하고
또 누구나 넘어져

근데 가장 중요한 것은
아무리 힘겨워도, 아무리 아파도
너의 삶을 포기하지 않는 마음

그것뿐이야

민들레 홀씨처럼

씨앗을 퍼트리는
민들레 홀씨처럼

작은 씨앗으로 하여금
어딘가에 꽃 피우기를

민들레야, 민들레야
바람에 흩날려 어디론가 날아가
누군가의 마음에 예쁜 꽃 피어줘

나 오늘도 노래할게 저 바람처럼
널 위해 오늘 하루 노래할게

넌 내 노래를 타고 날아가
또다시 누군가에게 희망이 되고 사랑이 되어
포근히 감싸줘, 따뜻한 씨앗이 되어줘

그곳, 그 자리

오늘 그저 스쳐 지나가는 야생화 같을지라도
저마다 피어 있는 자리가 다르더라도

그곳에 꽃을 피우게 하신 이유가 있어
그 자리에 존재하게 하신 이유가 있어

그 이유만으로도 넌 충분히 아름답고 소중해
그곳, 그 자리에서 예쁜 꽃 피우길 바라

오늘의 나를 포기하지 마

나의 상처가 또 다른
누군가에게는 힐링이
될 수 있기를

나의 아픔이 또 다른
누군가에게는 치유가
될 수 있기를

나의 절망이 또 다른
누군가에게는 희망이
될 수 있기를

오늘의 실패가 또 다른
누군가에게는 기회가
될 수 있기를

무언가에 쫓겨

오늘의 너를 포기하지 마

무언가에 지쳐

오늘의 너를 내려놓지 마

침묵

나는 오늘도
침묵합니다

그가 내게 보여주었던 것은
침묵하고 들어주고 기다리는 것밖에
없었기 때문입니다

내 아픈 마음도, 내 슬픈 감정도
물론 중요하긴 하지만

침묵하고 들어주는 것도
사랑이라고 느꼈기 때문입니다

소소하지만 확실한 행복

무엇에 집착하기보다
가끔은 많은 것들을
내려놓으면 더 많은 행복과 웃음이 찾아옵니다

분명 소소한 일상임에도 불구하고
집착하지 않고 내려놓는다면
소소하지만 확실한 행복을 느낄 수 있습니다

우리가 알지 못했던 조그마한 것들에도
감사하게 될 것이며

우리가 무심코 지나친 것들도
새롭게 보일 것입니다

괜찮아, 넌 잘하고 있어

당신이 아는 누군가가
어떤 일에 실패해

어깨를 굽히고
고개를 푸욱 숙이며
한숨을 내쉴 때

이렇게 말해 주세요

"괜찮아,
넌 잘하고 있어"라고

네가 뿌린 씨앗
언젠가 꽃 피울 거라고

낮은 자의 기도

가장 낮은 곳에서
가장 귀한 것을 보게 하소서

가장 낮은 곳에서
가장 소중한 것을 알게 하소서

가장 힘든 순간에서도
가장 보람 있는 일을 하게 하소서

가장 험한 세상에서
가장 중요한 사실을 깨닫게 하소서

이 낮은 자의 기도를 들어주소서

너의 별자리

내 별자리는 오늘도 상처투성이
어떤 말로도 내 상처를 대신할 수 없어

너에게 다가가는 것도
너에게 기대어 우는 것도
이제 그만하고 싶어

어느 순간 나는 길을 잃어버렸어
어디서 길을 잘못 들었던 걸까
내 지금 이 모습이 정말 괜찮은 걸까

하루종일 난 울었고 또 울었어
오늘도 혼자라는 생각에 잠겨 난 울었어

내 자신이 정말 바보같아

내 자신을 숨기고 싶을 정도로

내 자신을 가둬놓고 싶을 정도로

그럴 땐 밤하늘에다 너를 그려봐

네가 만드는 너만의 별자리로

아무도 지울 수 없는 너의 별자리로

오늘 하루만

나 오늘 하루
네가 내민 손 잡고 싶어

나 오늘 하루
너에게 기대고 싶어

나 오늘 하루만
너의 어깨 빌리고 싶어

나 오늘 하루
너에게 안기고 싶어

나도 위로가 받고 싶어
너의 진실된 위로의 한마디가 듣고 싶어

오늘 하루만
날 안아줬으면 좋겠어

위로의 시, 위로의 노래

지금 이 순간
나 노래하고 싶습니다

시의 화자가 되어
진심을 담아 노래하고 싶습니다

한 단어 한 단어가 무겁게만
다가오고 들려오겠지만

더 담담한 마음을 담아
여러분께 위로의 노래를,
위로의 시를 들려드리고 싶습니다

보이지 않는 마음

마음은 눈에 보이지 않습니다
그래서 내 마음을 전달하는 것조차도
어렵습니다

나의 보이지 않는 마음을
그대에게 전하고 싶지만
그것도 쉬운 일은 아닙니다

위로는 오히려
당신의 마음을 더 아프게 한다는것을
깨달았기 때문입니다

그래서 나는
당신의 마음을 가만히 듣겠습니다
귀 기울여 가만히 듣기만 하겠습니다

누군가의 마음을 들어줄 때
그것이 최선의 위로일 것이라고
깨달았기 때문입니다

보이지 않는 누군가의 마음을
듣는다는 것은 내 마음에 귀 기울여
듣는 것이나 다름없기 때문입니다

천사의 선율

바이올린 선율에 맞춰
온 맘 다해 나는 노래해

사람들에게
희망을 주는 노래

사람들의 아픔을
헤아리는 노래

그대의 선율에 담긴 의미를
오늘도 나 노래해

반짝이는 별들을 회상하여
그대의 아름다운 선율을 따라 노래해

바이올린 소리가 온 하늘 가득하고
천사의 선율은 내 마음속에 가득해

용기

용기란
꼭 씩씩하고 굳센 게 아니야

누군가의 아픔에 공감하고
이해하고 존중해 주는 게 용기야

같이 있어주는 거야
함께 있어주는 거야
들어주는 거야
지켜봐주는 거야

그것이 바로 용기야

시와 음악

삶의 길 위에서
나를 붙잡고 계속
따라오라는 아이…

그 아이는 음악
그리고 시였습니다

지금의 삶이 외로울 때…
혼자만의 세상이 힘겨울 때…

그때마다 흔들리는 날
붙잡아준 것도 결국 시와 음악

시와 음악의 공통점이 있다면
치유라고 생각합니다

가시나무처럼 뾰족하게 돋아있었던 마음

그 마음을 어루만져줬던 건

음악 그리고 시였습니다

저에게 위로가 되어주었던

시와 음악으로

여러분께도 조그마한 위로가 되어드리고 싶습니다

살아가다 보면

살아가다 보면
넌 또 한 번 누군가에게
상처를 받겠지

살아가다 보면
넌 누군가의 의해
또 한 번 흔들리겠지

살아가다 보면
너의 마음은 또 한 번
아픔으로 가득하겠지

살아가다 보면
넌 또 한 번 눈물이 흘러
슬픔을 감당하기엔 힘이 들겠지

그리고
살면서 네가 받은 상처만큼,
아니
그 상처보다 더 많은 상처를 받으며
살아가겠지

또 한 번
그 상처들이 파도처럼 밀려올 때면
너의 마음은 포기하고 싶은 생각들로
가득하겠지

그러나
우리 포기하지 말자
내가 네 손 잡아줄게
내가 너의 아픈 마음을 꾸욱 안아줄게

지금의 삶은 상처로 가득하겠지만
먼 훗날 아파했던 시간만큼 더 성숙해져 있을 테니까

반딧불

삶에는 이유가 없어도
좋습니다

그러나 죽음엔 명확한
근거가 필요합니다

삶이라는 시간은 모래에 이는
바람처럼 나를 스쳐 가지만

사라진 것들은 반딧불처럼
떠돌게 됩니다

어딘가에서 떠돌아다니다
풀썩 주저앉는 반딧불은
어두운 곳을 아름답게 밝히는
능력을 가졌습니다

제 2 부

당신이 나의 봄이기를

그리움

그리운 우리 할머니

지난밤
꿈속에서
만난 우리 할머니

우리 할머니께서
보내주신 마음을 보니

우리 할머니께서
보내주신 편지를
수십 번
읽어보니

할머니께서 보내주신
편지 속에는 사랑이 가득하더이다

진심이 가득 담긴 편지 속에는
할머니의 사랑이 가득하더이다

우리 할머니,
아름답게 피는 꽃이 되겠습니다

겨울하늘에 묻힌 별

겨울하늘에 묻힌 별에는
그리워해야만 하는
추억들로 가득 차 있습니다

동그랗고 새하얀 눈송이를
바라볼 때면 보고 싶던 당신의
이름이 떠오르곤 합니다

순전했던 나의 사랑,
나의 인연, 나의 소중한 추억
그리고 살아가는 모든 순간을
오늘도 가슴속에 새기려 합니다

겨울하늘에 묻힌 별들은
새벽을 반짝반짝 빛을 내다
아침이면 쉬이 사라질 운명이고

시라졌던 별들은 먼 훗날
내년 겨울하늘을 또다시 비춰줄 겁니다

이별… 그리고 또 다른 만남

유난히 많은 눈들이
하얗게 뒤덮던 날

내 마음 한켠에 쌓아둔
가장 빛나는 별이

오늘 밤하늘 가장 아스라이
빛나는 별이 되었습니다

현실에 지쳐 모든 걸
포기하고 싶을 때

당신과 같은 사람이
지금 이곳에 있다는 걸
기억했으면 좋겠습니다

당신의 말들은 곧 나에겐
위로의 토닥임이었고

당신의 말들은 나에겐
따뜻한 포옹이었습니다

삶이라는 건 만남과 헤어짐의 연속이며
나 또한 그 과정에 있었습니다

그리고 그 과정 속에서
한 발 한 발 성장하고 있습니다

당장은 아쉽기도 하고 섭섭하기도 하고
눈물도 나고 그러겠지만 우리 분명 다시 만날 겁니다
더 좋은 모습으로 다시 만날 거예요

그때 우리 못다 한 이야기 나눠요

어머니와의 이별

너무나 갑작스러웠습니다
너무나 갑작스러운 이별에
난 눈물을 흘릴 수밖에 없었습니다

눈물을 감추려 해보아도
또 눈물을 숨기려 해보아도
내 눈가에는 어느새 더 많은
눈물이 터져 나옵니다

허나 어머니, 어머니
나, 어머니의 품이 그립겠지만
그리움은 잠시 뒤로 하고
어머니와의 약속을 지키는
내가 되겠습니다

어머니, 어머니
나, 어머니의 이름이 그립겠지만
그리움은 잠시 뒤로하고
내 꿈을 이루는 한 사람이 되어
세상에 빛을 전하는 내가 되겠습니다

어머니, 오늘은 너무나 아픕니다
늘 어머니께 속 썩였던 지난날들이 자꾸 떠올라,
어머니를 미워했던 지난날들이 자꾸 떠올라
자꾸만 눈물이 납니다

엄마

어른이 되어서야
알았습니다

조금은 늦었지만
당신의 그 뜨거운
눈물을 알았습니다

얼마나 힘들었을까
얼마나 아팠을까
얼마나 외로웠을까

난 한 번도 당신의
눈물을 보지 못했죠

난 한 번도 당신의
아픔을 헤아릴 수 없었죠

언제나 그곳엔 당신의
눈물이 존재했었는데

나 이제서야 보네요
당신의 뜨거운 눈물을
그리고 사랑을……

엄마가 나에게

내가 좀 더 좋은 엄마가 되지
못했던 걸 용서해줄 수 있겠니

비록 이 엄마는 지금 너의 곁에 없지만
내가 좀 더 널 많이 안아주지 못했던 걸
널 좀 더 많이 사랑해주지 못했다는 걸
용서해줄 수 있겠니

넌 이 엄마를 많이 미워하고 원망하겠지만
엄마는 널 많이 사랑한다는 사실만을 기억해다오

넌 나보다 더 좋은 엄마가, 더 좋은 어른이
되어주겠다고 약속해줄 수 있겠니

엄마는 이 세상에 없지만 밤하늘에 반짝이는
저 수많은 별들이 모두 엄마라는 걸 기억해다오

엄마가 저 하늘에서 널 지켜줄게

짧은 만남이었지만
엄마의 아들로, 엄마의 딸로 태어나줘서 고맙고
엄마의 아들로, 엄마의 딸로 살아줘서 고마워

엄마의 한마디

단 한 번이라도
어머니를 만날 수만
있다면…

단 한 번만이라도
당신의 자식으로 살 수만
있다면…

단 한순간이라도
당신의 이름을 부를 수만
있다면…

단 한 번만이라도
당신의 품에 안겨 울 수만
있다면…

어머니 어머니
단 한 번만,
딱 한 번만이라도 좋으니

내 꿈속에 나타나줘요

그리고…
잘 자라줘서 고맙다고
얘기해줘요…

그거면 전 충분해요

아버지의 어깨

당신의 어깨가
되어보고서야 알았습니다

당신의 어깨는
꽤나 무겁다는 것을

그리고 그 무게를 짊어지고 견뎌온
당신은 꽤나 자랑스럽고 강하다는 것을

나를 위해 모든 걸
포기해야만 했던 그 마음을

나를 위해 당신의 청춘을
받쳐야만 했던 그 사랑을

아버지의 어깨를
짊어져 보고서야
나 알았습니다

사랑의 여정

보고파서 당신의 미소를 보며
꽃잎처럼 피어났습니다

생각나서 당신의 눈빛을 보며
과실처럼 자라났습니다

그리워서 당신의 눈물을 따라
낙엽처럼 떠나갔습니다

못 잊어서 당신의 사랑길 따라
눈처럼 내 맘이 내립니다

새벽하늘 멍하니 바라보다

새벽하늘 멍하니 쳐다보니
그대의 웃음소리가 들립니다

새벽하늘 멍하니 쳐다보니
그대와 함께했던 시간들이 떠오릅니다

새벽하늘 아스라이 빛나는 너
너를 가까이에서 볼 수 있게 손을 뻗어 보지만

오늘도 새벽별들은 내 주위를 맴돌아
다시 저 하늘 높은 곳으로 올라갑니다

저 하늘에도 내 마음 닿을 수 있게
저 먼 곳에도 내 진심 닿을 수 있게
오늘도 간절하게 바랍니다

나 그대를 봅니다

수많은 아픔을 가지고
수많은 눈물을 흘리며
나 그대를 봅니다

삶의 모든 문제들이
아무리 나를 힘겹게 해도

내 앞에 놓인 상황들이
오늘의 나를 좌절하게 해도

또 내 자신을 포기하고 싶어질 때에도
내 자신을 내려놓고 싶어질 때에도
나 그대를 봅니다

힘겨운 하루를 살아가는
그대를 봅니다

힘겨운 짐을 혼자서 짊어지고 계시는
그대를 봅니다

마지막 포옹

지그시 눈을 감는다
그대의 따뜻한 숨결에
난 눈을 감는다

조심스레 내게 다가와
살포시 나를 안아주던
그대의 품이 오늘따라
더 그립기만 해

서로의 심장 맞닿고서
따뜻했던 그대의 품속이
더없이 그립기만 해

지그시 눈을 감으면
그대가 내 눈앞에 보여
그날로 돌아가고 싶어

그대와의 마지막 포옹을
어떻게 기억해야 되니

아이처럼

멀어져 가는 너의 뒷모습은
어쩌나 어쩌나 쓸쓸해 보이던지

가까이 다가가
널 다시
끌어안고 싶었지만

그저 멀리서 묵묵히
바라보는 것밖에 할 수 없었어
그저 조용히 지켜볼 수밖에 없었어

그러나 그 힘든 시절에 너를 만나
다시 널 끌어안을 수 있을까

흐르는 그 세월을 견디고 있는 나로서는
하루하루가 버겁고 아파

마치 다시 꿈을 꾸는 아이처럼
너에게 기대어 울고 싶어

아버지의 마음

어버이날을 맞아

네가 우리한테 아주 멋진
선물을 남겨주었단다
셀 수 없을 정도로 말이다

네가 나에게 제일 처음 준 선물은
바로 네가 태어났다는 사실이다

네 우는 소리가 천사의 나팔 소리처럼 들렸고
그런 아름다운 음악은 들어본 적이 없었단다

동쪽 하늘은 밝아오기 시작하고
머리 위의 하늘은 오늘밤처럼 별이 가득했었단다

이 넓은 우주 한구석에
내 피를 이어받은 생명이 지금 태어났구나
그렇게 생각하니 감동이 밀려와
눈물이 멈추질 않았지

그 뒤로 매일매일 해가 가면 갈수록
추억은 쌓이고 또 쌓여갔지
그게 네가 나에게 준 최고의 선물이었단다

사랑 하면 떠오르는 단어들

사랑 때문에 생겨난 단어들은 무수히 많겠지만
그중에 몇 가지를 사랑 속에서 건져 본다

그대 때문에
사랑 때문에
내 가슴속에서 자라는
두 송이 꽃은

외로움과 그리움이야

아직 사랑이 끝나지 않았으니
이별이란 단어는 어울리지 않아

그런데
나 이미 이별이란 단어를 말해 버렸네
아마도 사랑하면 떠오르는 단어의 맨 마지막이 이별일 거야
이별 때문에 아마도 사랑이 간절한 단어일거야

그리움이란 단어는
사랑하는 동안에도,
그 사람과 이별하고 나서도
떠오르는 단어일거야

아마도
사랑은 그리움에서 시작해
그리움으로 끝날 거야
그래서 모든 사람들은
그리움이란 단어를 평생 가지고 사는 걸 거야

문득
사랑이 보고 싶다

이별

희미해지는
기억은 널
지우려 하고

어두워지는
새벽하늘은 널
잊으려고 해

외롭고 쓸쓸했던
너의 메마른 그 두 눈엔
크고 따스한 마음이
보이길 시작하고

너의 눈물로
내 마음 어렴풋이
아파오더라

이별의 시간은 점점
다가오는데 다가오는 이별이
너무 아파…

이별의 아픔은 점점
다가오는데 다가오는 아픔은
어찌나 슬프던지…

답을 알고 있음에도 불구하고
오늘은 내 감정대로 살고 싶어

엄마에게 · 2

보고 싶어도 볼 수 없는 것
누구나 하나쯤은 다 있을 것입니다

듣고 싶어도 들을 수 없는 것
누구나 하나쯤은 다 있을 것입니다

지금 나의 마음 한구석에는
그리움이 요동치고 있습니다

누군가가 절실하게
보고 싶기 때문입니다

누군가의 품에 안기어
위로받고 싶기 때문입니다

그러나 지금의 모습으로
그분을 만날 수가 없습니다

단지 기다리고 기다리는 것
그것만이 내가 할 수 있는 것입니다

살아 계시다면 이 말을 엄마에게 꼭 전해드리고 싶습니다
엄마… 감사합니다
그리고 사랑합니다
그리고 보고 싶습니다

혼자가 되어 버렸습니다

그렇게 난 한 친구를
잃었습니다

내겐 둘도 없는
소중한 친구를 잃었습니다

아무리 흔들어 깨워도
일어나지 못했습니다

한참을 그렇게 목 놓아
울어야만 했습니다

한참을 그렇게 목 놓아
아파해야만 했습니다

그렇게 난 또다시

혼자입니다

그렇게 난 또다시

혼자가 되어 버렸습니다

*로드킬 당한 친구 옆을 지키고 있는 개 영상을 보고

봄을 기다리며

오늘도 나는
당신을 기다립니다

한결같은 마음으로
당신을 기다립니다

봄 햇살에 기대어
잠시 눈을 감으며
당신을 생각합니다

따스한 봄 햇살이
나의 마음속에 파고들 때

당신이 나의 봄이기를
누구보다 간절히 간절히 바라봅니다

제 3 부

달빛을 가로등 삼아

사랑

꽃길을 걸으며

따뜻한 봄바람을 기다렸던 만큼
오늘 하루 예쁜 꽃길만 걷기를

너의 일상 모두 내려놓고
너의 상황 모두 내려놓고
너의 아픔 또한 잠시 잊고

예쁜 꽃들과 함께하는
아름다운 추억이 되기를

따스한 햇살이
내게 다시 불어올 때면
따뜻한 차 한 잔 마시며
나를 바라봐 주기를

그렇게 예쁜 꽃들과
함께 길을 만들어
오늘 하루 그 꽃길을 걸으며
나의 하루를 감싸주기를

벚꽃나무 아래

벚꽃나무 아래에
당신이 서 있습니다

당신의 그 환한 미소도
당신의 그 하이얀 마음도
저 벚꽃과 많이 닮아 있습니다

그 벚꽃은 어느새 나를
포근히 감싸 안고

아름다운 당신은 내 품에
살포시 내려앉으며

오늘도 벚꽃나무 아래에는
벚꽃처럼
깨끗하고 선한 마음을 가진 당신이 서 있습니다

당신이 있어 행복합니다

누군가와 함께함이
얼마나 행복한 일인가

때로는 좌절하고 싶을 때
때로는 넘어져 있을 때
또 때로는 낙심하고 있을 때

내 손을 잡아주고
나를 일으켜 세워주며
절망에 빠져 헤어 나오지 못할 때

나를 그곳에서 건져주는 사람,
끄집어내주는 사람

그런 당신이 있어 행복합니다

당신이 좋다

당신이 좋다
당신이라서 좋구
당신이기에 좋다

아무런 이유 없이
아무런 대가 없이
단순히 당신이기에 좋다

당신이 있어서 행복합니다

당신의 계절

봄이란 계절은
오직 당신의 계절

따스한 햇살
두둥실 떠다니는 구름
예쁘고 아름다운 꽃들도
모두 당신의 계절

당신의 계절도 봄처럼
따뜻했으면 좋겠습니다

당신의 계절도 봄처럼
예쁘게 피웠으면 좋겠습니다

바뀌지 않아도 괜찮습니다

내 눈엔 당신의 그 모습이
너무나 아름답습니다

그 모습, 그 자체로도
난 당신이 너무나 좋습니다

당신의 그 모습에서
나의 모습을 보니까요

가로등

달빛을 가로등 삼아
오늘 당신이 걷던 그 길을
다시 한 번 가보려 합니다

축복의 길

우리가 걷는 그 길이
하이얀 눈송이로 가득하게 하소서

그 길 위에 우리가
새겨놓았던 아름다운 추억들이 있게 하소서

우리의 발자국, 우리의 손자국,
눈밭 위에 굴러다니던 우리의 몸자국,
그리고 우리의 추억들이 그곳에 있게 하소서

그리하여 우리가 걸었던 그 길이
먼 훗날 우리의 또 하나의
추억이 될 때

너와 걷던 그 길이
우리의 축복의 길이 되게 하소서

내가 할 수 있는 것은

내가 할 수 있는 것은
당신을 위해 기도하는 것
기도하면서도 당신을 생각하면
눈물이 납니다

당신에게 해준 건 많지 않지만
그래도 나를 사랑한다는
그 자체가 너무너무 소중하고 감사해
눈물이 납니다

겨울사랑

첫눈이 내리던 날
사뿐히 내려앉은
저 눈밭을 봐

새하얀 도화지처럼 펼쳐진
저 새하얀 길을 너와 함께 걸었고

너와 나란히 손잡고 걷던
그 길은 어느새 우리의 발자국으로
가득해 있었지

소복소복 쌓여가던 저 새하얀 길처럼
우리의 사랑도 우리의 추억까지도
하나하나 예쁘게 쌓아가자

그리하여 너의 마음에도 첫눈이 내려
예쁜 추억 하나하나 쌓여갈 때
너에게 내 마음 말하고 싶어

사랑해, 사랑해
그리고 너를 사랑해

얼음연못

꿈결 속에 찾아온
꽃 한 송이에 반해
나는 그만 넋을 잃었어

얼음연못 위에 밝게 비추던
두 번째 달빛에 난 또다시
넋을 잃었어

얼음연못 위에 그 모습,
천사가 내 눈에 나타나

그대라는 소망 하나에
오늘밤도 지새우고 새벽부터
마중 나와 널 기다려

오늘은 달이 없어
그러니 오늘은 그대가
나의 달빛이 돼줘

그리하여 이제는 꿈에서 깨어
저 하늘을 보아도 그대가 있길 원해
내 곁에 영원히 있길 원해

크리스마스트리의 고백

온 세상이
새하얗게 물든 오늘

반짝이는 크리스마스트리 앞에서
나 고백했지

저 트리에도 함박눈이
가득히 쌓여 갔지

트리도 마치 밤하늘의
별처럼 반짝였고 눈부시게 아름다웠지

마치 어둠을 밝히는 서늘한 불빛처럼
내 마음도 반짝였어

온 세상이 새하얀 눈송이가 되어
나를 뒤덮은 지금!

너에게 말하고 싶어
널 좋아해

달빛정원의 소원

몇 광년을 헤매다
지금에서야 너를 만났어

몇 광년 동안 나를 향해 빛나던
저 하늘에 떠있는 달빛을
오늘에서야 보았어

그대라는 달빛 아래
내 아픈 과거를 묻고
다시 새롭게 시작하고 싶어

보름달이 뜨는 날에
달빛정원에서 소원을 말하던
그때로 다시 돌아가고 싶어

눈을 감으면 밤하늘에 떠있는
저 보름달이 가장 먼저 떠올랐으면 좋겠어
네가 가장 먼저 떠올랐으면 좋겠어

말할 수 없는 감동의 이유

말할 수 없는
감동의 이유는

말로 다할 수 없는 사랑이
그대를 향해있기 때문입니다

말할 수 없는
감동의 이유는

세상이 줄 수 없는 따스함이
그대 마음에 가득하기 때문입니다

말할 수 없는
감동의 이유는

그대 마음에 기쁨이
가득하기 때문입니다

별똥별

밤하늘에
수많은 별들이 나를 향해
쏟아져 내립니다

내 눈앞에 펼쳐진
아름다운 별들은
반짝반짝 빛을 내며
내려옵니다

지금 내 눈앞은
수많은 별들로 가득하지만
내 진심은
지금 당신을 향해 걸어갑니다

걸어가는 도중

운석과 부딪혀 상처 입기도 하고

사라지기도 하지만

그래도 끝까지 가야 합니다

내가 아끼는 별이

지금 지구라는 행성에 닿아있기에

나는 그곳을 향해 가야 합니다

별똥별은 또 다른 운석과

충돌해 상처들이 많지만

오늘도

누군가를 향해 끝없는 여행을

하지 않나 싶습니다

사랑은 꽃처럼

사랑은 꽃처럼 핍니다
사랑은 꽃처럼 지기도 합니다

사랑은 꽃처럼 흔들리기도 하고
사랑은 바람에 의해 날아가기도 합니다

때론 사랑은 예쁜 꽃이 되기 위해
수많은 아픔들을 견뎌야 하고

사랑은 예쁜 꽃이 되기 위해
눈보라와 비바람을 견디기도 합니다

사랑은 꽃처럼 아프기도 하고
사랑은 꽃처럼 쓸쓸하기도 합니다

그러나 사랑은 예쁜 꽃을 피우기 위해
서로 단단해지기도 합니다

한없이 낮아지고 싶습니다

한없이 낮아지고 싶습니다

낮아지고 더 낮아져
나의 눈이 아닌
당신의 눈으로 보게 하소서

낮아지고 더 낮아져
당신의 마음으로 세상을 보기 원합니다

처음이라서

처음이라서
잘 몰랐던 이야기

처음이라서
알지 못했던 이야기

모든 게 처음이라서
모든 게 낯설어서

아무것도 알지 못했습니다
아무것도 몰랐었습니다

부디 사랑한단 말을
과거형으로 하지 않았으면 합니다

처음 시작도 물론 중요하긴 하지만
처음보다 가장 중요한 것은
꾸준히라고 생각합니다

사랑도 마를 수 있기 때문입니다
사랑도 질 수 있기 때문입니다

부디 사랑을 줄 수 있을 때
충분히 주시기 바랍니다

겨울고백

따뜻한 마음으로
서로 체온이 되어주기를

차가워진 누군가의 마음에
따뜻한 난로가 되어주기를

온 세상 하이얀 눈으로 가득한 날
온 세상 화려한 빛으로 가득한 날

그 누구도 아파하지 않기를
그 누구도 울지 않기를

반짝이는 밤하늘을 봐
저 별들의 노랫소리를
온 세상 모두 널 위한 선물이야

온 세상 눈부시게 반짝이는 오늘
온 세상 하이얀 눈송이로 가득한 오늘

우리의 사랑을 고백하자
우리의 사랑을 약속하자

제 4 부

바다 위의 달빛

삶과 일상

유기견

유난히 외로워하던
유기견 한 마리

유난히 쓸쓸해 보였던
유기견 한 마리

가슴속에 끙끙 앓고 있던
유기견들의 지난 아픈 상처

아무런 이유 없이 사람들에게 버려져
이곳으로 오게 된 유기견들

환경도 열악한 곳에서
꿋꿋하게 살아가고 있는 유기견들

지난 아픔 다 내려놓고
지난 슬픔 다 내려놓고

너희들에게 넓은 우주 줄 터이니
그곳에서 다른 별들과 마음껏 뛰놀거라

너희들에게 넓은 우주를 줄게

첫 번째 행운

유기동물보호소 봉사활동

혹시 기억나니
널 처음 만났을 때
네 작은 손도 겁이 나
자꾸 뒷걸음질했던 날

엄마 없는 슬픔에
버려졌다는 아픔에
사랑받지 못했던 난
상처로 가득했어

그러나
하루하루 진심으로
나를 보살펴준 너 덕분에
너의 착한 사랑으로 다시 태어난 걸
너를 만난 건 저 하늘이 처음 내게 준 행운
나를 안아줘서 참 고마워

너와 함께라면 외롭지 않아
네가 있어서 난 행복해

매일매일 너와 걷던 그 길 위에는
너와 나의 향기로 가득해
나를 바라보던 너의 눈빛마저
너무나 따뜻해

소중한 추억 하나 없어도
네가 내 품에 와준 것에 정말 감사해

내 친구 비송

때론 솜사탕처럼
때론 뭉실뭉실 구름처럼

널 안고 있으면 따스한
온기가 내 온몸에 퍼져

비송
널 보고 있으면
내 마음도 한결 따스해진다는 걸 느껴

너의 귀여운 애교를
보고 있으면
너에게
난 또 한 번 반해

힘들 때 널 보고 있으면
난 커다란 힘이 되고

슬플 때 널 끌어안으면
난 많은 위로가 돼

비숑
나에게 커다란 힘이 되어줘서 고맙고
위로가 되어줘서 진심으로 고마워

난 삶을 살아가다 보면
또 한 번 커다란 상처를 받겠지
그때마다 너의 짧은 혀로 내 눈물 닦아줘

나의 눈이 되어줘

시각장애인 안내견 학교에서

내게 눈이 되어줘
보이지 않는 날 위해
나의 눈이 되어줘

너 없인 길을 찾지도
길을 외우지도 못해

너 없인 앞으로도
뒤로도 옆으로도 갈 수 없어

행여 너 없이는 아무 데도
가지도 오지도 못해

희망아 내게 눈이 되어주겠니
희망아 내 앞길을 지켜주겠니

너의 이름처럼
내게도 희망이 되어주겠니

도담이를 보며

도담이를 보면서
나는 많은 걸 깨닫습니다

사람들의 공포심과
두려움이 많았을 그는

여기까지 오는 데도
많은 시간들이 걸렸습니다

그러나 그는 점점 나아지고
있습니다

밝아지고 있는 모습을 보면서
잠자고 있던
도담이의 또 다른 모습이
깨어나는 순간입니다

연탄이

래브라도 레트리버

연탄아 너 아플 때
나는 알아채지도 못하는데
내 마음 아픈 건 어떻게 알고 이러니

내 침대에서 늘 널 껴안고 자면서
너의 따스한 온기가 내 온몸에 퍼져
너무나도 따뜻해

삶에 지쳐 모든 걸 포기하고
내려놓고 싶어질 때
널 보고 있으면 살아야지 그래도 살아내야지
그런 생각을 해

혹 삶에 지쳐 눈물을 훔칠 때에도
너의 짧은 혀로 내 눈물 닦아줄 때
나에겐 커다란 위로가 돼

반복되던 일상을 모두 마치고
집에 들어오면 늘 내게 꼬리치며
반겨주는 네 모습에서 때론 힘을 얻기도 해

연탄아
내 눈물 닦아줘서 고마워
나를 위로해줘서 고마워
그리고 나와 함께해줘서
진심으로 고마워

감당할 수 없었어

너의 눈물을 알아
지친 모습도 알아
길었던 네 그림자는
오늘따라 추욱 처져있어

견딜 수가 없었어
감당할 수도 없었어
외롭고 무서운 그 길을
나 외면하고 싶었어

오늘 하루도 그 길을 걸을 용기가 없어,
힘이 없어, 그래서 엄두도 못 냈어

그렇게 오늘 하루를 살아가면서 받은
마음의 짐들을 하나하나 내려놓고 싶었어
하나도 남김없이 모두 버리고 싶었어

추욱 처진 너의 어깨를 보니,
혼자서 쭈그려 앉아 울고 있는
너의 모습을 보니
오늘따라 더 그랬어

너의 눈물 닦아줄 수 있을 만큼
나 또한 강한 사람이 못되니까

사랑 그리고 상처

왜 난 몰랐을까
언제나 나를 가장 아프게 하는 것은
나와 가장 가까운 사람들이라는 것을…

사랑하고 아끼기 때문에 그만큼
서로 상처도 받는다는 것을…

사랑하고 아끼기 때문에 그만큼
서로 아프다는 것을…

난 살아있고 싶어

난 살아있고 싶어
다른 사람들의 마음을
너무 많이 아프게 했거든

그럼에도 불구하고
난 살아있고 싶어

그래도 난 사람들 속에
있을 수 있으니까

남들과 다르다는 거,
또 내 자신이 많이 부족하다는 거
잘 알아

그럼에도 난 살아있고 싶어

지쳐있는 나에게

삶에 지쳐 있는 나에게
내가 해주고 싶은 이야기가 있습니다

다른 누군가를 위해서가 아니라
진짜 나에게 해주고 싶은 말

이젠 내가 행복해질 차례입니다

쉬어간다는 건

세상은 늘 갑갑하고 숨이 턱 막힌다
그리고 세상은 더 큰 노력을 강요한다

포기하지 마라 좌절하지 마라
잠시 쉬어간다는 건
해서는 안 되는 일이
되어버린 것 같다

치열함과 경쟁이 습관이 된 나에게
반드시 반드시 느리게 걸어야 하는 이유가 있다
서두른다고, 앞장서 간다고
다 좋은 것은 아니기 때문이다
쉴 때 쉬어갈 필요가 있다는 것을
스스로가 깨닫게 되었기 때문이다

쉬어간다는 것은 뒤처진다는 것이 아니다
포기하는 것도
게을러진 것도 아니다
쉬어간다는 건
더 높게 더 멀리 뛰기 위한 숨 고르기
나의 레이스는 이제 시작이니까

너를 봐

세월호 참사 추모시

오늘도 짙은
안개 속에서 너를 봐

짙고 어두운 곳에서
너의 모습을 봐

너의 모습은 왜 짙은 곳에서만
보이는 걸까

너의 모습은 왜 어두운 곳에서만
더 뚜렷이 보이는 걸까

너의 모습은 왜 밤이 되어야만
반짝이는 걸까

바닷물에 비치는
내 모습에서 너를 봐

어둡고 캄캄한 바다를 바라보다
널 홀로 둔 시간들이 너무나 그리워
늘 그 바다 앞에서 울어

바다를 보고 있으면
네가 너무 보고 싶어 미칠 것 같고

파도를 보고 있으면 지금도
네가 내 품에 다시 올 것만 같아

저 수많은 별들을 보고 있으면
지금도 네가 웃으며 나에게 꾸욱
안길 것만 같고

저 하늘을 보고 있으면
나를 바라보던 네 눈이 너무나 그리워
그 하늘을 바라보다 밤을 새우기도 해

그러나 이제는
널
만질 수도 안을 수도 느낄 수도 없어서
더 미안해

바다 위의 달빛

아픈 마음 머금고
저 바다를 바라봅니다

저 깊은 바다 아래 잠들고 있는
내 아이를 흔들어 깨워 봅니다

죽은 내 아이를 깨울 때마다 드는 생각을
어찌 말로 다 헤아릴 수 있을까요

남은 아이들을 볼 때마다 드는 어머니 아버지의
마음을 누가 다 헤아릴 수 있을까요

바다 위의 달빛은 하염없이 빛을 내고 있는데
내 마음의 달빛은 점점 타들어 갑니다

바다 위의 달빛은 하염없이 반짝이고 있는데
내 마음의 달빛은 점점 사라져 갑니다

내 영혼 별빛 되어

세월호 참사 추모시

내 영혼 별빛 되어
당신을 지켜 드리겠습니다

내 영혼 별빛 되어
당신을 안아 드리겠습니다

비록 내 몸은 이곳에 없지만
내 영혼의 빛이 당신을 지켜 드리겠습니다

그러니 더 이상 슬퍼하지 마세요
내 이름을 부르며 그대 슬퍼하지 마세요

저 하늘에 떠 있는 별들을 보며
그대 아파하지 마세요

따뜻한 시민, 아름다운 세상

따뜻한 시민들이
있기에

따뜻한 마음들이
있기에

따스한 사람들이
있기에

나보다 내 이웃의, 내 주변의
아픔을 먼저 공감하는 마음들이
있기에

이 세상이 더 없이 따뜻해집니다
이 세상이 더 없이 아름답습니다

장애인으로 태어난 죄

장애인으로 태어난 건
죄가 아닙니다

나의 모습이 다른 사람과 똑같을 수 없습니다

장애를 가지고 살아가시는 모든 이에게 전하고 싶습니다

장애는 죄가 아니라는 사실을
그렇다고 해서 걸림돌도 아니라는 사실을

다르다고 해서, 장애인이라고 해서
외면하고 무시하는 사람들이 진짜 죄인이라는 것을

새벽하늘의 소원

어두운 새벽하늘을
당신의 눈으로 볼 수만 있다면

별빛이 반짝이는 소리를
당신의 귀로 들을 수만 있다면

내 손으로 새벽하늘에 떠 있는
별을 하나둘 셀 수만 있다면

저 새벽하늘에 떠있는 별들의
마음을 다 헤아릴 수만 있다면

나도 누군가에게 밝음과 따뜻함을 주는
사람이 될 수만 있다면

그리고 나의 소원이 이루어질 수만 있다면

여름날 조대부고에서

우렁찬 매미소리
노래하는 참새소리
자연의 노랫소리가
나에겐 힘이 되네

구름 한 점 없는 하늘에는
새들이 날아다니고
먼 산은 나를 감싸주네

나뭇잎은 초록색으로 물들고
꽃들은 바람의 박자에 맞춰
춤을 추네

행복한 사람

내가 머물 집이 있다는 건
얼마나 행복한 일인가

나를 사랑하는 가족이 있다는 건
또 얼마나 행복한 일인가

어두운 곳에서 당신을 위해
반짝이는 별이 있다는 건 얼마나
행복한 일인가

힘이 들 때 슬플 때 내 곁에 다가와
손 내밀어 주는 사람이 있다는 건
얼마나 행복한 일인가

작은 것에도 행복을 느낄 수만 있다면
그것이야말로 진정 행복한 사람입니다

너라는 가치

2016년 조대부고 3학년 3반 친구들에게

너라는 친구를 둔
나는 정말 행운이었어

네가 있었기에 내가
이만큼 성장할 수 있었고

네가 있었기에 너를
믿고 의지할 수 있었어

그리고 너라는 친구를 만나
행복을 느낄 수 있었어

내가 있는 그 자체를
이해하려 하기보다 사랑해줘서
정말 고맙고

.

너라는 가치는 내게
깨달음을 주는 스승이자
가장 소중한 친구였어

한 발 한 발 내딛을 때마다
디딤돌이 되어주고
버팀목이 되어줘서
너무너무 고마워

샛별

캄캄한 새벽하늘
아스라이 빛나는 별이여

그대 마음속은 온유함으로
가득하더이다

새벽에 빛나는 너의 빛은
참으로 온순하고 온정하더이다

순수한 너의 마음에는
세상을 따뜻하게 만들어줄
따뜻함이 있고

따뜻한 너의 그 마음에는
주위를 아름답게 보는
시야가 펼쳐져 있더이다

샛별 같은 그 마음에는
어두운 세상을 환히 밝히는
사명감이 있고

나는 어제도 오늘도
한결같은 마음으로 아스라이
빛나는 별이 되어 있더이다

이유

살아 있어야 만나게 되는 그대가 있다면
죽어서라도 만나게 되는 그대 또한 있지 않을까

간절하다면
만나게 되는 그대가 있다
그대가 사무치게 그리워져
기다려지는 날에는
꽃이 핀다
별이 뜬다
비가 내린다
바람도 멈춘다

나 때문에 먼 곳을 돌아 돌아
그대가 꽃으로 별로 비로 멈춘 바람으로 올 것이다
그대가 거기에 있다면
나도 나비로 달로 구름으로 먼저 된 바람으로
직선이 되어 찾아갈 것이다

살아서든 죽어서든

오고 감이 없이

꽃이 피는 순간도 지는 순간도 없이 있는 그대여

반드시 한 번쯤은 만나게 될 그대가 있어

사람은 이 지상에 오게 되는 것이다

· 당신은 걸림돌이 아닌 디딤돌입니다 ·

안녕하세요? 저는 『세상에서 가장 값진 보석』의 저자 김경원입니다. 우선 강연을 시작하기에 앞서 이 자리에 저를 초청해 주신 유신고등학교 교장 선생님과 교감선생님, 그리고 김영길 선생님께 감사의 인사를 전하고 싶습니다. 여러분께 묻고 싶습니다. 여러분은 걸림돌이세요, 아님 디딤돌이세요? 여러분은 한 번의 위기로 자신을 포기해 본 적이 있나요? 저에게는 수많은 위기가 찾아옵니다.

아픈 과거-이별

그중 이별이 가장 큰 위기였습니다. 저는 3살 때 터미널에 버려져 부모님과 헤어진 뒤 영신원이라는 곳에서 6살 때까지 살았습니다. 그 뒤에 장애가 있다고 판단되어 행복재활원이라는 시설에서 지금까지 살게 되었습니다. 저는 부모님의 얼굴을 잘 모릅니다. 부모님과 이별했다는 것이 저에게는 가장 큰 아픔이었습니다. 영신원에 있으면서 정든 사람들과의 이별도 겪었습니다. 행복재활원에는 여러 선생님이 계셨는데, 저를 돌봐 주시는 선생님들이 바뀔 때마다 그리고 가족들이 퇴소할 때마다 정말 슬프고 마음이 아팠습니다.

이 글은 2017년 11월에 수원 유신고등학교에서 했던 강연 내용입니다. 여러분께도 들려 드리고 싶어 싣게 되었습니다.

아픈 과거-왕따, 괴롭힘

초등학교 때까지는 괜찮았는데 중학교에 들어가면서 부모님이 안 계시고 남들과 다르다는 이유로 왕따를 당했습니다. 죽고 싶을 만큼 괴롭고 힘들어 중학교 3학년 때 자살 시도를 했습니다. 재활원 옥상에 올라가서 뛰어내리려고 몸에 기름을 붓고 불을 붙이려 했습니다. 그때 누군가 저의 손을 잡아 주었습니다.

바로 김종원 선생님이셨습니다. 저는 울면서 선생님께 물었습니다. "선생님, 너무 힘든데 제가 왜 죽으면 안 되죠?" 선생님께서는 다음과 같이 답하셨습니다. "너는 살아야 한다." 그 말에 저는 되물었습니다. "제가 왜 살아야 하죠? 전 살 이유가 없어요." 그러자 선생님께서 다음과 같이 말씀하셨습니다. "넌 살아야 할 이유가 있다. 지금은 많이 힘들겠지만 포기하지 않고 살아간다면 분명 네가 살아가야 할 이유를 발견하게 될 거야." 그래서 그때 죽지 못하고 중학교를 계속 다녔습니다.

고등학교 진학을 앞두고 저는 특수학교에 다니고 싶었습니다. 하지만 재활원 과장님께서 일반 학교를 다니는 것이 좋다고 하셔서 조선대학교부속고등학교(조대부고)에 입학하게 되었습니다. 고등학교 1학년 때는 특수학급에서 다른 특수학생들과 함께 생활하여 다닐 만했습니다. 가끔씩은 일반 반에서 생활하기도 했습니다. 그때 저희 담임 선생님이셨던 신유철 선생님은 저에게 아빠같이 대해 주셨습니다.

그런데 고2 때 옆 반 친구들이 제가 더럽다며 괴롭히기 시작했습니다. 제가 앉은 자리가 더럽다고 물티슈랑 페브리즈로 닦는 모습을 제가 본 것입니다. 기분이 나빴고 화가 났지만 그래도 참아야 했습니다. 그 친구들은 키도 크고 싸움도 잘했기 때문입니다. 어느 날은 복도를 걸어가는데, 그 친구들이 갑자기 발을 걸어서 넘어졌습니다. 넘어진 모습을 보고 그 친구들은 웃었습니다. 저는 화가 났고 학교를 다니기 싫었습니다. 그래서 고2 겨울방학 때 과장님께 특수학교로 전학을 보내 달라며 졸랐습니다. 그때가 정말 힘들었던 때입니다.

아픈 과거를 딛고 일어섰던 계기

중학교 3학년 때 자살 시도를 하다가 죽지 않았던 것은 종원 선생님과 과장님 덕분이었습니다. 두 분은 저에게 많은 위로였고 힘이었습니다. 두 분이 안 계셨다면 저는 아마 사라졌을 것입니다. 그리고 또 하나 저에게 힘이 되었던 것은 바로 시였습니다. 과장님께서 저에게 시집을 하나 선물해 주셨는데, 바로 나태주 선생님의 시집이었습니다. 그 시 중에 「풀꽃」이라는 시가 유난히 눈에 띄었습니다. "자세히 보아야 / 예쁘다 // 오래 보아야 / 사랑스럽다 // 너도 그렇다." 그 시를 읽은 후 '그 친구들이 나를 자세히 보지 않았구나. 오래 보지 않았구나. 나도 자세히 오래 보면 예쁠까?' 하는 생각을 하게 되었습니다. 그리고 저는 시를 쓰게 되었습니다.

제가 시를 쓰기 시작하면서 저에게는 존경하는 사람들이 생겼습니다. 바로 도종환 시인과 나태주 시인입니다. 도종환 시인의 시 중에서는 「흔들리며 피는 꽃」이 가장 좋았고 나태주 시인의 시는 다 좋았습니다. 두 분의 시를 읽으면 마음이 편안해지고 많은 위로가 되었습니다. 그리고 같은 방 친구인 영웅이가 『닉 부이치치의 허그』라는 책을 저에게 선물해 주어 닉 부이치치에 대해 알게 되었습니다. 닉 부이치치는 사지가 없어도 살아갈 수 있는 용기가 있었고 희망이 있었습니다.

삶을 포기하지 않고 끝까지 갈망했던 이유

저에게는 살아갈 이유가 없었는데 시와 종원 선생님, 과장님의 말씀으로 살아갈 용기가 생겼습니다. 그리고 결정적으로 언젠가는 엄마를 만나고 싶다는 생각이 생기면서 살아야겠다는 결심을 하게 되었습니다. 잘 자라서 엄마를 찾아야겠다고 생각했습니다. 이런 마음을 담아 맨 처음 쓴 시가 바로 「엄마에게」라는 시입니다. 시를 쓴 당시에는 누군가에게 보여 주는 것이 좀 부끄러워 파일 안에 넣어 두었다가 첫 시집에서 처음으로 세상에 내놓았습니다. 시를 한 번 읽어 보겠습니다.

엄마에게

나에게 엄마란
부르기 가장 힘든 사람입니다

나에게 엄마란
너무나도 미운 사람 중 한 사람입니다

나에게 엄마란
이미 내 기억 속에서 사라져 버린 존재입니다

나에게 엄마란
그 이름이 너무나도 어색하게만
느껴지는 사람 중 한 명입니다

나에게 엄마란
정말 못된 사람 중 한 명입니다

하지만
가끔 아주 가끔은
엄마라는 그 이름을
불러 보고 싶을 때가 있습니다

가끔은 엄마의 품에 안기어
울고 싶을 때도 있습니다

가끔은 엄마를 원망할 때도 있었습니다.

또한, 가끔은
엄마에게 들려 드리지 못했던
이 말들을 들려 드리고 싶었습니다

엄마,
감사합니다
그리고 사랑합니다
그리고 보고 싶습니다

엄마를 너무 보고 싶어 하는 저에게 종원 선생님은 늘 좋은 말씀을 많이 해 주셨습니다. 종원 선생님이 해 주신 말씀을 듣고 저는 「단단한 보석」이라는 시를 썼습니다.

단단한 보석

너는 세상에서 단 하나뿐인
보석이 되어라

반짝반짝 빛을 내며
단단한 보석이 되어라

석공이 너의 못난 부분을 깎아내려거든
석공이 너의 못난 부분을 다듬어내려거든
꾸욱 참고 견디어내어라

그 아픈 시기만 잘 견디어내면
분명 너는 사람들에게 인정받는
다이아몬드가 될 것이다

(하략)

이 시에서 핵심은 석공과 보석이었습니다. 이 시를 쓰면서 '석공이 선생님이고 나는 보석이구나. 석공이 나를 다듬어 갈 때 내가 더 좋은 보석이 될 수 있구나' 하고 생각했습니다.

당신도 그런 인물이 될 수 있다는 마음을 확인시켜 주는 힘

내가 정말 보석이 될 수 있을까? 이런 생각을 하면서 그때부터 꿈이 생겼습니다. 바로 제일 좋아하는 나태주 시인과 같은 시인이 되는 것이었습니다. 그리고 또 하나는 닉 부이치치처럼 강연자가 되어 사람들에게 꿈과 희망을 주는 사람이 되는 것이었습니다. 하지만 저의 꿈은 누가 들어도 말도 안 되는 것이었습니다. 저는 보통 사람들과 상황이 다르기 때문이었습니다. 또한 용기도 없고 재능도 없었습니다. 말도 어눌하게 하고 장애가 있는 제가 어떻게 그런 꿈을 이룰 수 있겠습니까?

하지만 고3 때 담임 선생님과 새로운 친구들을 만나면서 저의 꿈은 시작되었습니다. 3월 어느 날 시를 한 편 썼습니다. 바로 「별과 같은 사람」입니다.

별과 같은 사람

별과 같은 사람이
될 수 있을까?

밤하늘을 밝게 비춰주는
아름다운 별

나도 어두워진 당신을 위해
저 밤하늘의 별이 될 수 있을까?

밤하늘에 떠있는 저 수많은 별들처럼
말없이 사랑하는 사람을 지켜봐주는
그러한 별이 되고 싶다

저는 야간 자율학습 시간에 친구들이 공부할 동안 시를 썼습니다. 그 시를 학급 친구에게 보여 주니 친구들이 깜짝 놀랐습니다. 잘 쓴다고 칭찬해 줘서 기분이 좋았습니다. 그래서 용기를 내어 담임 선생님께 보여 드렸는데, 담임 선생님께서는 그 시를 읽으시더니 우셨습니다. 저는 그 이유를 몰랐습니다.

그 후부터 가끔씩 시를 써서 친구들에게 보여 주고 담임 선생님께도 보여 드렸습니다. 현규라는 친구가 제 시에 감동을 받아서 시들을 교실 벽에 붙여 놓았고 수업에 들어오시는 선생님들도 제 시를 읽고 칭찬을 해 주셨습니다.

나의 말도 안 되는 꿈이 이루어지다

2016년은 저에게 소중한 기억입니다. 말도 안 되는 꿈이 이루어졌기 때문입니다. 제가 시를 많이 쓰게 되자 저희 반 친구들은 시집을 내면 어떻겠냐고 제안을 했습니다. 그 말을 듣고 조금 당황했습니다. 제가 시집을 낼 수 있을 줄 상상도 못 했기 때문입니다. 저희 반 친구들과 또 여러 선생님께서 저를 도와주었습니다. 시집 마련을 위해 친구 재하는 다음 스토리펀딩에 저의 이야기를 올렸습니다. 한 달 만에 목표액의 2배가 넘는 돈이 모였습니다. 깜짝 놀랐고 당황했습니다. 제 시나 이야기가 그렇게 많은 사람들의 관심을 받게 될 줄 몰랐기 때문입니다. 그때 모인 돈으로 시집을 내게 되었고 그 후 출판사에서 연락이 와서 정식 출판까지 하게 되었습니다. 제 이름이 적힌 시집을 보면 뿌듯하고 대견했습니다. 시집 속에 친구들이 그려 준 삽화와 캐리커처가 있어 더욱 좋았습니다. 현규가 캐리커처를 그려 주었고 우혁이와 우영이가 삽화를 그려 주었습니다. 너무 고마웠고 기뻤습니다.

그리고 꿈같이 나태주 선생님을 만나게 되었습니다. 제 시를 담임 선생님께서 나 선생님께 보내셨는데, 저를 만나 보고 싶다고 하셔서 공주풀꽃문학관에 가게 된 것입니다. 나태주 선생님께서는 저에게 좋은 말씀을 많이 해 주셨고 「별꽃」이라는 시도 지어 주셨습니다. 나태주 선생님과의 만남은 제가 첫 번째로 이룬 꿈입니다. 8월 24일에는 교실에서 출판기념회도 열었습니다. 실로암 선교회 김용목 목사님과 재활원 과장님, 선생님들이 오셔서 축하해 주셨습니다.

제 이야기는 점점 더 많은 사람들에게 알려지게 되어 2017년 11월 오늘, 이렇게 제 꿈이었던 닉 부이치치처럼 여러분 앞에서 강연을 하게 되었습니다. 말도 안 되는 제 꿈이 이루어지게 된 것입니다.

당신은 걸림돌이 아닌 디딤돌입니다

저는 대학에 진학하고 싶었지만 그러지 못할 거라고 생각했습니다. 취업을 해야 했기 때문입니다. 언젠가는 재활원에서 나가야 하는데 돈이 없으면 퇴소를 못하기 때문에 빨리 돈을 버는 것이 중요했습니다. 하지만 취업이 쉽지는 않아서 일단 재활원에 있는 장애인보호작업장에서 한 달에 20만 원 정도 받는 일을 하기로 했습니다. 저에게 수능은 의미가 없었지만 다른 사람들은 인생에서 꼭 한 번쯤은 겪는 일이었기에 보고 싶었고 그래서 수능을 치렀습니다.

그런데 수능 다음날 담임 선생님께서 뉴욕에 사시는 어떤 할머니로부터 전화 한 통을 받으셨습니다. 제가 대학 진학을 하면 등록금을 지원해 주시겠다는 전화였습니다. 그다음 날 동물을 좋아하는 저는 선생님과 함께 동아보건대학교 애완동물학부에 원서를 썼습니다. 그 후 합격 했다는 소식을 들었을 때, 정말 기뻤습니다. 감사하게도 한국반려동물협회에서도 연락이 와서 이사님께서 대학 등록금 전액을 장학금으로 주시겠다고 하셨습니다.

저는 지체장애 3급이며 대학 진학은 꿈도 꿀 수 없었고 졸업 후에는 장애인보호작업장에서 일할 계획이었습니다. 당연히 나태주 시인처럼 시인이 된다거나 닉 부이치치처럼 유명한 강연자가 될 수 없다고 생각했습니다. 하지만 이렇게 꿈도 꿀 수 없었던 일들이 현실로 이루어졌습니다. 제 인생이 이렇게 바뀔 거라고 생각하지 못했습니다.

저는 다른 사람들에게 늘 걸림돌이었습니다. 어느 날 굴러다니는 깡통을 보면서 마치 나도 이 깡통처럼 어디로 가야 할지 모르는 쓸모없는 존재 같다고 생각했습니다. 제 시를 읽어 보겠습니다.

깡통

나는 깡통이라네
어둠 속에서 방황하는 깡통이라네

사람들의 발에 차이고 밟히며
구겨지는 나는 하찮은 깡통이라네

내용물이 텅 비면
쓸모없다는 듯
길가에 버려지고

버려진 나는 바람에 의해
데굴데굴 굴러다니는 깡통이라네

데굴데굴 굴러다니다가도
어느새 멈칫!

또 데굴데굴 굴러다니다가도
어느새 멈칫!

오늘도 나의 인생은
데굴데굴 굴러다니는 깡통 같은 인생이라네

하지만 이제 저는 더 이상 방황하는 깡통이 아닙니다. 저에게 또 다른 꿈이 생겼습니다. 바로 제가 살아온 이야기와 시를 들려 드리며 다른 사람에게 디딤돌이 되는 것입니다. 얼마 전에는 조대부고 후배를 만나 걸림돌과 디딤돌의 차이를 알려 주었습니다. 걸림돌은 걸리면 넘어지는 돌이지만 디딤돌은 발판 삼아 딛고 올라갈 수 있는 돌입니다. 저는 걸림돌일 수 있었지만 이제 디딤돌이 되 보려고 합니다. 여러분들도 걸림돌이 되지 마세요. 그리고 디딤돌이 되도록 노력해 보세요.

천천히 그리고 꾸준히 하는 마음

저에게는 소중한 사람들이 있습니다. 저에게 대학등록금 전액을 대주신 반려동물협회 이사님, 제가 대학 생활을 잘 할 수 있도록 도와주시는 대학교 김철 교수님, 그리고 제 할머니가 되어 주신 미국 뉴욕에 사시는 엘리자베스 할머니. 또 재활원 선생님들. 이 분들이 계셨기에 이만큼 성장할 수 있었습니다. 저에게는 이루고 싶은 또 다른 꿈이 또 생겼습니다. 바로 부모님을 만나고 반려동물센터에 취업해서 시각장애인 안내견 훈련사, 동물매개 치료사가 되는 것입니다.

저희 시설의 시각 장애가 있는 방울이에게 나중에 성공해서 시각 장애인 안내견을 꼭 선물로 안겨 주겠다고 약속했습니다. 그러면서 시각장애인 안내견 훈련사라는 꿈을 꾸게 되었습니다. 또 동물 매개 치료사가 되어 동물들과 교감을 통해 상처받은 사람들을 치료해 주는 일을 하고 싶습니다. 이 두 가지 일을 꼭 이루고 싶습니다. 물론 내용을 이해하기가 힘들어 대학 공부를 따라가기가 어렵습니다. 하지만 꾸준히, 천천히 노력하려고 합니다. 동아보건대학교를 졸업하면 4년제 애완동물학과에 편입하고 싶습니다. 여러분도 지금의 상황이 힘들다면 잠깐 미루세요. 그리고 늘 꿈을 이루고 싶다고 생각하면서 천천히 노력하세요. 마지막으로 「마음의 불」이라는 시를 읽어 드리겠습니다.

마음의 불

마음의 불이 소멸한다면
우리는 어둠 속에서 방황하고
길을 잃을 수밖에 없습니다

당신이 가진 마음의 불을 밝혀두세요
그 뜨겁고 따뜻한 불로
다른 누구도 아닌
바로 당신이 살아보는 겁니다

제 이야기를 들어주셔서 감사합니다.

• 경원이에게 보내는 응원의 글 •

❀ 아름다운 울림을 준 경원이, 단단하게 꿈을 향해 나아갈 경원이

김종진(고3 때 같은 반 친구)

고등학교 3학년 때 경원이의 시집을 발간하는 과정에서 경원이의 아픔과 슬픔을 엿보았습니다. 저와는 전혀 다른 삶을 살아온 경원이의 경험과 생활에 충격을 받았고, 많은 아픔과 슬픔 속에서도 본인의 꿈을 찾아 노력하는 경원이의 모습을 보면서 많은 자극을 받았습니다.

이번 경원이의 두 번째 시집 『꽃이 되어』를 읽어 보면서, 책장에 꽂혀 있던 첫 번째 시집인 『세상에서 가장 값진 보석』을 꺼내어 다시 읽어 봤습니다. 가슴이 먹먹했습니다. 경원이가 꿈을 이루고, 다시 그것을 바탕으로 새로운 꿈을 이어 나가는 것은 경원이에게 매우 중요합니다. 첫 번째 시집에서 많이 드러났던 고통과 슬픔이, 두 번째 시집에서는 많이 사라졌습니다. 그만큼 경원이가 단단해진 것을 의미하겠지요. 저는 그것을 성장이라 생각합니다.

"살아 있어야 만나게 되는 그대가 있다면 / 죽어서라도 만나게 되는 그대 또한 있지 않을까" 이 시집을 읽고 가장 여운이 남았던 시 「이유」의 첫 구절입니다. 마음을 나눴던, 무엇을 같이 해도 항상 좋았던 친구가 죽었던 경험을 했던 저로서는 더욱 마음에 다가왔던 구절이었습니다. 경험이 쌓이고, 시간이 흐르면서 또 다른 감정을 불러일으키는 것이 경원이의 시라는 것을 다시 느꼈습니다.

밤을 새워 시집을 읽으면서 가슴이 아리고, 따뜻하고, 슬프고, 흐뭇한 경험을 했습니다. 이러한 경험을 하게 해 준, 아름다운 울림을 겪게 해 준 경원이에게 고마움을 표하면서, 앞으로 더욱더 힘차게, 동시에 단단하게 꿈을 향해 나아갈 경원이를 진심으로 응원합니다.

❀ 앞으로도 계속 인생을 함께 걸어 나가며 서로 행복하길

김재하(고3 때 같은 반 친구)

시를 읽는 내내, 동갑인 경원이에게서 너무나도 멋있고 성숙한 어른의 모습을 보았습니다. 특히 슬픔에 대해 이야기하는 시들을 읽을 때 더욱 그 생각이 커졌습니다. 경원이는 사무치게 슬퍼할 줄 알고, 그 슬픔을 견뎌 낼 힘을 가지고 있다는 생각이 들었습니다. 또 나아가 그 속에서 인생의 의미를 발견하려고 노력한다는 것을 알게 됐습니다.

4부에 수록된 「이유」에서 그것을 가장 잘 엿볼 수 있었는데, "죽어서라도 만나게 되는 그대", "간절하다면 만나게 되는 그대"와 같은 구절들이 제 마음을 움직이는 구절이었습니다. 경원이는 헤어짐이 결코 무의미한 것이 아니라고 말하고 싶은 것 같았습니다.

사람이 세상에 태어나면 필연적으로 겪는 만남과 헤어짐, 그 모든 것이 삶이란 여행의 한 과정이고 운명인 것이라고, 헤어짐이 있다고 결코 허망할 뿐만은 아니라고 말하려는 게 아니었을까요.

살면서 사람이 성장하느냐 못하느냐는 슬픔을 견지하는 태도에서 결정된다고 생각합니다. 그런 의미에서 경원이는 세상 누구보다 성장했고, 큰 사람이 되었습니다. 경원이 같은 친구를 인생의 동반자로 만난 건 제게 정말 큰 행운인 것 같습니다.

경원이가 두 번째 시집을 낸 걸 진심으로 축하하고, 앞으로도 계속 인생을 함께 걸어 나가며 서로 행복했으면 좋겠습니다.

🐾 누구보다 위로를 주고 앞으로 살아가는 데 이정표가 되어 준 사람

김승관(고3 때 같은 반 친구)

2016년 고등학교 3학년 생활은 저에게 잊을 수 없는 기억으로 남아 있습니다. 경원이의 시를 접하기 전에 저는 수험생이라는 압박과 반복되는 시험, 경쟁 속에 지쳐 있었고 점점 더 이기적으로 변해 갔습니다. 그런 저에게 경원이의 시는 어른들의 말뿐이었던 타인과 약자에 대한 관심, 공감, 사랑을 보여 주었습니다. 경원이의 시는 누구나 당연하게 여기지만 쉽게 실천하지 못하는 소중한 가치들을 일깨워 주는 힘을 가지고 있습니다. 경원이의 두 번째 시집이 나온다는 소식을 듣고 어떤 따스한 마음으로 이번 시집을 채웠을지 기대하며 반가운 마음으로 그 자리에서 단숨에 읽어 내려갔습니다. 시집을 읽으면서 처음 경원이의 시를 보았을 때처럼 마음 한편에 그동안 외면했던 가치들이 점점 쌓여가는 기분을 다시 느낄 수 있었습니다.

그중 2016년 조선대학교부속고등학교(조대부고) 3학년 3반 친구들에게 쓴 「너라는 가치」를 읽고 그때의 기억이 저에게만 소중한 경험이 아니라 경원이에게도 소중하고 힘들 때마다 버틸 수 있는 힘이었단 걸 알게 되었습니다. 사실 그때 저에게 누구보다 위로를 주고 앞으로 살아가는 데 이정표가 되어 준 것은 바로 경원이었습니다. 서로에게 소중한 기억을 잊지 않고 고마움을 표현하는 경원이의 진심을 느낄 수 있었습니다. 다시금 그리운 3학년 3반 교실을 떠올릴 수 있었습니다. 첫 번째 시집 『세상에서 가장 값진 보석』에서 경원이는 아무리 어려운 상황에 처해도 좌절하지 않고 오히려 용기와 사랑을 전하며 많은 사람들에게 감동과 희망을 주었습니다. 경원이의 시를 읽고 있으면 경원이와 나란히 걸으며 같이 시를 읽는 듯한 기분에 휩싸입니다. 다른 사람, 다른 경험에 공감하며 같은 감정을 공유하는 소중한 기회를 만들어 준 경원이에게 고마움을 전합니다. 경원이의 이야기가 다시 한 번 세상에 따스한 위로와 미소를 건네며 훈훈하게 빛나길 희망합니다.

🐾 묵묵하고 담담한 글귀에서 느껴지는 정직함

이성채(중학교 때부터 친구)

경원이 시를 읽으면 '정직함'이라는 말이 떠오릅니다. 시 속의 수려한 장치도 없고, 숙고해서 고안해 낸 문학적 표현도 없습니다. 하지만 마치 작은 성냥 하나로 정전된 집을 밝히는 것처럼 묵묵하고 담담한 글귀들이 마음을 사로잡습니다. 누구보다 순수하고, 누구보다 솔직한 마음속의 말들을 가감 없이 드러내는 경원이의 시는 정말 정직함이라는 단어를 떠올리지 않을 수 없게 합니다.

경원이와 함께 미국에서 꽤나 오래 있었습니다. 평생 살아온 한국이 아닌 지구 반대편의 뉴욕에서 지내면서, 새로운 환경을 맞은 경원이는 비행기를 타고 가면서도 창밖의 어둠 속 별을 보며 시를 쓰는 친구였습니다. 경원이가 주어진 환경을 받아들이고 인정함으로써 자기 생각과 느낌을 그대로 전달할 수 있었다고 생각합니다.

어쩌면 같이 지내 온 4년 동안 경원이가 저에게 넌지시 많은 깨달음을 주지 않았나 싶습니다. 간결하지만 강한, 마음을 파고드는 시구들. 나에게 솔직해지기, 나를 인정하기, 다른 사람을 사랑하기. 어쩌면 바쁜 삶을 살아가는 우리가 한번은 지하철에서 혹은 버스에서 되새겨 보아야 할 가치들이 아닌가 싶습니다. 작은 몸에서 어쩌면 그 큰 생각들이 자라 나오는지 가끔씩 경이롭다는 느낌이 듭니다. 그런 경원이의 두 번째 시집 발간을 진심으로 축하합니다. 시인 김경원을 항상 응원합니다.

🐚 스스로 맑아지고 고와지는 느낌을 주는 시

변은주 선생님(조선대학교부속고등학교)

시를 떠올리면 함축되어 있는 표현을 이해해야 한다는 것이 부담스러워 멀리하기 일쑤였습니다. 그러나 경원이의 시를 읽으면 화려한 기교 없는 마음의 소리들이 맑은 물에 비쳐 그대로 보고 읽을 수 있는 듯한 느낌이 듭니다. 그래서 스스로 맑아지고 고와지는 느낌을 받습니다. 무엇보다도 따뜻하게 응원하고 위로해 주는 시들을 읽으면 고맙기도 합니다.

첫 번째 시집을 통해 경원이는 편하지 않은 조건에도 불구하고 시를 쓰는 고등학생으로서 많은 박수를 받았습니다. 그리고 두 번째 시집 『꽃이 되어』를 통해 경원이가 여전히 시를 사랑하고 있음을, 그리고 여전히 타인을 따뜻하게 위로해 주는 사람임을 확인할 수 있었습니다. 이제는 대학 졸업을 앞두고 미래를 고민하는 모습을 보면서 이 시대의 청년으로 커 나가고 있구나 생각합니다. 경원이가 시를 통해 타인을 꽃으로 만들어 주듯이 경원이도 세상의 꽃으로 나아가길 응원합니다.

🐚 많은 이에게 받았던 사랑과 따뜻함을 베푸는 사람이 되기를

정예림 선생님(조선대학교부속고등학교 학습도움실 교사)

첫 번째 시집을 낸 지 엊그제 같은데 어느덧 두 번째 시집 『꽃이 되어』를 편찬하게 되었네요. 경원이의 첫 번째 시집인 『세상에서 가장 값진 보석』을 읽고서 가슴 뭉클했던 기억이 떠오릅니다. 교직 생활을 하는 동안 유난히 맘이 쓰이고 여렸던 경원이가 이만큼 내적으로 성장하고 발전할 수 있었던 것은 조대부고 선생님들과 후원자님들, 거주시설 선생님들의 따뜻한 응원과 격려 덕분입니다.

이 시집을 계기로 경원이가 자신의 꿈인 시각장애인 안내견 훈련사와 동물매개 치료사가 되어 상처받은 동물들과 아픈 사람들에게 희망과 용기를 불어넣을 수 있는 사람으로 성장하길 기원합니다. 더불어 많은 사람들에게 받았던 사랑과 따뜻함을 글이나 강연을 통해 베풀 수 있기를 바랍니다.

🐾 너를 통해 많은 사람들이 희망과 용기를 갖게 되기를

유계숙 원장님(행복재활원)

경원아! 오래전 "내가 쓴 시"라며 책상 위에 내민 한 장의 시를 읽고 아름답게 생각을 표현한 것을 보며 글솜씨가 남다르다는 생각을 했단다. 좋은 친구들, 후원자들의 도움으로 첫 번째 시집을 발간하여 세상과 소통해 나가는 모습이 참으로 대견하고 자랑스러웠단다. 졸업 후에도 작품 활동을 열심히 해 나가며 두 번째 시집을 발간하는 모습 또한 놀랍고도 대단하다고 생각한다. 또 변치 않는 관심과 사랑으로 경원이를 든든하게 지지해 주시는 많은 분들께 진심으로 감사하다는 마음이 든단다. 시로 자신을 표현해 내며 성장하고 발전해 나가는 경원이를 지켜보며 한 사람의 재능을 발견하고 뒷받침해 주는 게 얼마나 중요한지 다시금 생각할 수 있는 계기가 되었단다. 앞으로도 경원이의 따뜻한 마음과 순수함이 세상에 전해져 많은 사람이 희망과 용기를 갖게 되길 바란다. 경원이의 삶 속에 주님이 동행하시길 바란다. 또 걸음마다 인도하시는 주님을 믿고 담대히 나아가길 기도한다. 경원아! 사랑해~

🦋 만남을 통해 성장한다

박미연 과장님(행복재활원)

제가 경원이를 처음 만났을 때 경원이는 지금보다 훨씬 장애가 심하여 걷는 자세도 불편하였지만 5살 나이에도 자신보다 항상 친구를 먼저 위하는 착하고 순수한 어린이였습니다. 그런 경원이가 이토록 멋지게 성장해 나가는 모습을 보는 일은 사회복지 현장에서 종사하는 사회복지사로서 참으로 행복한 일이 아닐 수 없습니다. 사람은 "만남을 통해 성장한다."는 말을 경원이를 통해 많이 느끼게 됩니다. 힘든 장애에도 늘 선한 의지를 가지고 열심히 생활하는 경원이에게 좋은 선생님과 친구, 후원자 들과의 소중한 만남과 인연이 있었기에 지금의 경원이가 있는 듯합니다. 자신의 시가 누군가에게 힘과 용기가 되고 소독약과 별이 되기를 바란다는 경원이의 바람처럼 저 또한 늘 경원이의 삶 속에 큰 느티나무는 아니더라도 힘들 때 잠시 기대어 쉬어 갈 수 있는 작지만 따뜻한 반려나무가 되겠습니다. 경원아! 고맙고 사랑한다.

🦋 별빛 같은 빛으로 모든 이에게 기쁨을 되기를

뉴욕의 할아버지, 할머니

사랑하는 경원아. 너의 첫 시집을 읽으며 목이 메던 것이 엊그제 같은데 어느덧 두 번째 시집을 내게 되었다니 감회가 깊구나. 맑고 밝은 네가 별빛 같은 빛으로 모든 이에게 기쁨이 되기를 바라며, 또한 힘든 이에게 희망이 되기를 바라며 멀리서 축하를 보낸다. 더 큰 발전과 성공을 기원한다.

🐝 누구보다 겸손하고 겸허히 시의 언어로 표현한 아이

장병훈 교장 선생님(조선대학교여자고등학교)

제 교직 생활 가운데 2016년은 매우 특별한 해가 아니라 할 수 없습니다. 조대부고 교감으로 근무하던 시절, 우리 경원 군을 만나서 삶의 진정한 의미를 되새기며 자족하는 마음을 배우게 되었습니다. 제자 김경원 군은 지적 장애가 있습니다. 경원이가 어떤 학생들에게 외면당하는 모습을 보면 가슴 한편이 저렸고 마음이 아팠습니다. 하지만 경원이가 가지고 있는 장애는 남들이 생각하는 편견이었고 경원이는 남들을 배려하고 가슴 따뜻한 마중물 같은 존재이며, 자신의 삶의 이야기를 누구보다 겸손하고 겸허히 시의 언어로 표현할 수 있는 능력을 가진 아이였습니다.

그의 시는 자신의 어려움을 어루만지고 마음을 달래기 위한 습작으로 시작했지만 생각지도 않게 주변의 여러 도움을 받아 『세상에서 가장 값진 보석』이란 이름으로 세상에 나와 많은 사람의 심금을 울렸습니다. 이 시집의 발간으로 경원이가 자신의 삶을 사랑하고 이웃을 생각하며 감사하게 되는 변곡점의 시기를 맞이하게 된 것 같습니다.

삶에 지치고 마음의 위로가 필요할 때 경원 군의 시집을 책상에 두고 읽곤 합니다. 그때마다 저는 경원 군의 시에서 오아시스 같은 위로와 힐링을 받게 됩니다. 경원군은 시를 쓸 때마다 제게 페이스북으로 시를 보내옵니다. 고등학교 시절 교감 선생님으로 만난 인연을 잊지 않고 보내 준 시 한 구절 한 구절을 읽으면 그때 기억이 살아나 마음 한가득 경원 군이 하고 싶은 마음의 이야기가 다가옵니다. 경원군의 3학년 담임이고 멘토인 안봄 선생님께서 경원군의 『꽃이 되어』라는 두 번째 시집을 발간하게 되었다는 기쁨의 소식을 전해 주시며 축하의 글을 부

탁했습니다. 대견스러운 제자 경원 군의 두 번째 시집을 진심으로 축하하고 앞으로 더욱 비상하기를 기원합니다. 또한, 두 번의 시집 출간에 만족하지 말고 앞으로도 꾸준히 시인으로 창작 활동을 이어 가길 축원합니다. 두 번째 시집의 「천사의 선율」이라는 시처럼 경원 군의 인생이 아름답게 펼쳐지길 축원합니다.

민들레야, 민들레야
바람에 흩날려 어디론가 날아줘.
누군가의 마음에 예쁜 꽃 피워줘.

꽃이 되어

초판 1쇄 발행 2019년 2월 25일

지은이   김경원

펴낸이   김선기
펴낸곳   (주)푸른길
출판등록   1996년 4월 12일 제16-1292호
주소   (08377) 서울시 구로구 디지털로 33길 48 대륭포스트타워 7차 1008호
전화   02-523-2907, 6942-9570~2
팩스   02-523-2951
이메일   purungilbook@naver.com
홈페이지   www.purungil.co.kr
ISBN   978-89-6291-592-1 03810